Werner Färber

Geschichten
vom kleinen Gespenst

Illustrationen von Pia Eisenbarth

Loewe

Bibliografische Information Der Deutschen Bibliothek
Die Deutsche Bibliothek verzeichnet diese Publikation
in der Deutschen Nationalbibliografie;
detaillierte bibliografische Daten sind im Internet
über *http://dnb.ddb.de* abrufbar.

*Der Umwelt zuliebe ist dieses Buch
auf chlorfrei gebleichtem Papier gedruckt.*

ISBN 3-7855-4906-7 – 1. Auflage 2004
© 2004 Loewe Verlag GmbH, Bindlach
In anderer Ausstattung bereits 1996 beim Verlag erschienen.
Umschlagillustration: Pia Eisenbarth
Reihenlogo: Angelika Stubner
Gesamtherstellung: L.E.G.O. S.p.A., Vicenza
Printed in Italy

www.loewe-verlag.de

Inhalt

Kein normales Gespenst

Auf einem hohen stand

einmal ein prächtiges mit

sieben . Vom sind

nur noch ein paar übrig.

Von den steht nur noch

ein einziger. Hier lebt schon sehr

lange das kleine Gundula.

Es wohnt dort zusammen mit

der alten  und möchte mit

keinem auf der  tauschen.

Gerade geht die  auf

und scheint durchs  herein.

Das kleine reckt sich.

Es springt aus seiner und

schüttelt das und die

auf. „Hallo, !", ruft es vergnügt.

Die alte blinzelt müde mit

einem . „Wenn es hell ist,

will ich schlafen!", sagt sie mürrisch.

Das kleine huscht leise

vor den und winkt sich zu.

Es nimmt den nassen  aus

der  und wäscht sich.

Mit seiner putzt es sich

die . Was? Normale

stehen doch nachts auf und putzen

sich nicht die !? Richtig!

Aber das kleine macht

immer, was es will. Ihm ist es egal,

ob die scheint oder nicht.

Gundula spukt, wann sie will.

Jetzt schwebt sie leise zum

hinaus. Die alte möchte sie

nämlich schlafen lassen.

In alten Zeiten

Früher lebten im ein

und eine . Damals gingen

viele aus und ein. Mit ihren

prächtigen kamen sie

stolz über die ins

geritten. Abends setzten sie sich

oft an den langen .

Der  hatte immer viele

auf dem  . Mit seiner

schöpfte er die voll. Und weil

die sehr durstig waren,

rollte er ein riesiges  herein.

Die  ließen es sich gut gehen.

Sie spielten mit , sie

sangen und tanzten. Manchmal

wurden die  ein wenig laut.

Dann kam die  zu Gundula

in den . „Könntest du bitte ein

wenig spuken?", fragte sie das

kleine . „Die wissen

sich wieder nicht zu benehmen."

„Aber gern", sagte Gundula.

Sie sauste wie ein  über

das  hinunter und landete

zwischen den auf dem .

Die tapferen erschraken,

dass ihnen die schlotterten.

Sie rannten hinaus und sprengten

auf ihren  davon. Sofort

wurde es wieder ruhig im .

Dann setzte sich das kleine

vor den offenen . Der

brachte frische . Die

raschelte leise mit ihrem .

Und der 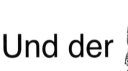 schnarchte vor sich

hin. Manchmal wünscht sich das

kleine , die und

der  würden noch immer

im  wohnen.

Der arme Ritter Eduard

Das kleine  zündet ein

paar 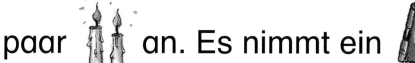 an. Es nimmt ein

und kuschelt sich in seine .

Plötzlich klopft jemand unten an

die 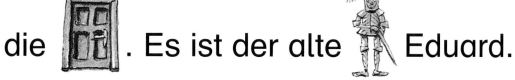. Es ist der alte  Eduard.

Der ist auch so etwas wie ein .

Nur spukt er nicht freiwillig.

Eduard kommt langsam die

hoch. Er lehnt sein an

einen . Seufzend nimmt er

seinen ab und setzt sich.

„Was ist denn los mit dir?“, fragt

das kleine . „Du siehst so

traurig aus.“ „Ach, ich werde

niemals aufhören können zu

spuken“, sagt der betrübt.

Als der  Eduard noch gelebt

hat, war kein vor ihm

sicher. Überall hat er gestohlen.

Hier silberne , und .

Da eine funkelnde .

Dort eine goldene . Doch

dann hat Eduard versprochen,

dass er nicht eher ruhen will, bevor

er nicht alles zurückgegeben hat.

„Bist du denn immer noch nicht

fertig?", fragt das kleine ..

Der schüttelt den .

„Ich werde auch nie fertig werden",

sagt er traurig. Eduard stellt einen

goldenen  auf den .

„Ich kann diesen allerletzten

nicht zurückbringen. Er gehört in

ein , das es nicht mehr gibt."

Das kleine  muss nicht

lange nachdenken. Es weiß,

wie dem zu helfen ist.

„Vergrab den einfach dort,

wo das gestanden hat",

sagt Gundula. „Und schon ist

er wieder da, wo er hingehört."

„Du hast Recht!", ruft der alte .

Er umarmt das kleine

glücklich. Dann setzt er hastig

seinen auf und läuft los.

Als er den  vergraben hat,

ist der Eduard erlöst. Er muss

nie wieder spuken. Nur sein

bleibt zurück. Und das möchte

Gundula gerne behalten.

Später Besuch

Das kleine Gundula steht

am und schaut hinaus.

Der geht über den

auf. Die ersten leuchten.

Ein und eine kommen

den steilen herauf. Sie haben

schwere   dabei.

Was die nur so spät hier wollen?

Erschöpft lassen sie sich ins

fallen. Sie stellen ein  auf

und rollen ihre aus. Der

und die flüstern miteinander.

Das kleine kann trotzdem

alles hören. Die beiden arbeiten

für die . Sie wollen über

den alten schreiben und über

die , die dort spuken.

Dabei glaubt der  nicht

einmal, dass es ▲▲▲ gibt.

„Dem werde ich es zeigen", sagt

Gundula. „Hilfst du mir, sie zu

erschrecken?", fragt sie die 🦉.

„Aber gerne", sagt die 🦉.

„Schuhu! Schuhu!", ruft sie und

fliegt zum hinaus. „Was

war denn das?", fragt der  .

„Eine ", sagt die . „Du bist

wirklich ängstlich wie ein ."

Die  krallt sich einen

und lässt ihn der  auf den

fallen. „Autsch! Was war denn

das?", fragt sie. Der leuchtet mit

seiner . „Seltsam, das war

schon wieder die ", sagt er.

Da schwebt das kleine

vom herab. Der erschrickt

fürchterlich. Er wird fast

ohnmächtig. Die  ist mutiger.

Sie zieht und heraus

und fragt Gundula gründlich aus.

Allmählich erholt sich auch der

wieder. Mit seinem  macht

er viele vom kleinen  .

Als die  aufgeht, packen die

beiden alles wieder zusammen.

Bald wird in der  stehen,

dass hier im alten ein

wohnt. Nur wird es keine

geben. Ein  kann man

nämlich nicht fotografieren.

Die Wörter zu den Bildern:

 Berg

 Fenster

 Schloss

 Truhe

 Türme

 Kissen

 Steine

 Decke

 Gespenst

 Auge

 Eule

 Spiegel

 Welt

 Wasch-lappen

 Sonne

 Schüssel

 Zahnbürste

 Töpfe

 Zähne

 Feuer

 König

 Suppenkelle

 Königin

 Teller

 Ritter

 Fass

 Pferde

 Würfel

 Zugbrücke

 Blitz

 Tisch

 Treppen-
geländer

 Koch

 Beine

 Kamin	Helm		

 Kamin

 Helm

 Kekse

 Messer

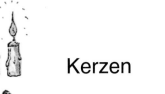 Fächer

 Gabeln

 Kerzen

 Löffel

Buch

 Krone

Tür

 Kette

 Treppe

 Kopf

 Schwert

 Becher

 Stuhl

 Mond

 Bäume

 Zeitung

 Sterne

 Hase

 Mann

 Tannen-zapfen

 Frau

 Taschen-lampe

 Weg

 Bleistift

 Rucksäcke

 Notizblock

 Gras

 Fotoapparat

 Zelt

 Fotos

 Schlafsäcke